Verlag Bibliothek der Provinz

michael cerha documents
ISBN 978-3-900000-70-7

A-3970 Weitra, +43 (0) 28 56 / 3794
www.bibliothekderprovinz.at

michael cerha

documents

INHALTSVERZEICHNIS

der hellhüftigen zureiterin
der seepferdchen

1

sagte ich dir nicht, meide die orte, wo du verkannt wirst,
in diesem flüchtigen schein bin ich der schutz deines seins.
läufst du vor mir davon, in hundert mal tausend jahren
schüttelst du mich nicht ab, ich bin deine äußerste grenze.
sagte ich dir nicht, begnüge dich mit keinem trugbild der welt,
ich bin der maler der bilder, die dich erfüllen.
sagte ich dir nicht, ich bin das meer, du verirrter fisch,
meide das trockene, ich bin die flut, die du brauchst.
sagte ich dir nicht, du fliegst im schwarm in die falle,
komm, ich bin die kraft deines flugs, deine flügel und füße.
sagte ich dir nicht, sie rauben dich aus und jagen dich in die kälte,
ich bin deine wärme, ich bin dein feuer, ich bin dein puls.
sagte ich dir nicht, sie stecken dich an mit ihrem denken,
damit du mich verlierst, den quell deiner klarheit.
sagte ich dir nicht, du sollst nicht fragen, wie man richtig handelt,
weil ich, das leben, keine ausrichtung brauche.
sind deine gefühle klar, kannst du das haus nicht verfehlen.
wenn du gerade denkst, findest du mich an der tür.

2

wie farblos bin ich, wie zeichnungslos,
dass ich mich selbst nicht finde.
du sagst, die geheimnisse soll ich durchsuchen,
ich bin doch das, was dazwischen liegt.
wie sollten meine gedanken zur ruhe kommen,
steuerlos, wie mein bewusstsein auf dem geist treibt.
mein meer ertrank in sich selbst, merkwürdig:
ich bin es, ohne dass es mir gleicht.
ruf mich nicht dahin oder dorthin,
ich kann keinen unterschied erkennen,
wie in der ewigkeit, wo wert und unwert gelöscht sind,
stehe ich da, ohne unwert und ohne wert.
ich habe zum leben gesagt: du bist wie wir!
es lachte: warum nur „wie“? ich bin es!
so also bist du? still, sei still,
keiner sprach jemals aus, was ich bin!
wenn keiner es aussprach bis heute,
ich, der sprachlose, spreche es aus –
so bin ich ins nichts gestürzt, ein nebel
ohne füße, der sich selbst verschlingt.
da kam ein schrei, ohne füße wie ich: wohin stürzt du?
ich bin das geheimnis. mich hat es zu seiner gestalt gewählt.
und meine blicke fielen auf schams von täbris,
und ich wurde ein meer, unergründbar, voller schätze und erz.

3

sterbt, sterbt, entsterbt der gefügigkeit,
seid ihr gestorben daraus, ihr werdet leben voll leben,
sterbt, vergeht, habt keine angst vor diesem tod,
wenn ihr aus ihm erwacht, es wird euch alles gehören,
sterbt, erlöscht, schneidet euch los von diesem wesen,
das wie ein gefängnis ist, in dem ihr gefangene seid,
nehmt das erstbeste beil, schlagt gegen den grundstein des kerkers,
wenn er zertrümmert ist, werdet ihr könige sein,
sterbt, fallt ab von diesem herrscher,
jeder von euch wird ein ruhmvoller herrscher sein,
sterbt, scheidet hin, lasst diese wolken unter euch,
über ihnen werdet ihr leuchtende monde sein,
ihr schweigt, ihr seid still? stille ist todesnähe.
leben durchbricht sie wie ein trompetenstoß.

4

komm, schenkender, komm, beherrschender, du herumtreiber, komm!
sag nicht nein! wo du hinsiehst, entsteht verlangen und sinnverwirrende liebe.
siehst du den weinfreund? könig des rausches, komm!
bist du es, fuß oder hand, bist du es, leben?
bist du es, hüpfende nachtigall? komm unter die blumen!
bist du es, ohr oder aug, bist du es, erwählung?
du, josef, verkaufter? zeig dich der menge!
gedanke, erscheinung aller, allen verborgen,
komm ohne angst, tanz ohne das kopftuch des anstands!
sonne, bist du es, du trauerverbrennende freude?
bist du es, nachtflackernder mond? komm, wolke, die zucker regnet!
fahnentuch der zukunft, der pfänderin aller vernunft,
komm nicht halb, erheb dich und komme ganz!
wohin, mein verlangen, soll die erregung dich jagen?
die trauben sind prall genug, hör auf, sie prüfend zu drücken, komm!
und du verschwinde, grausame dämmerung, du namenlose not,
du nebelweisheit, verschwinde! hellwachheit, steig auf den thron!
herz des herumtreibers, komm, du zuckendes eingeweide,
komm! ist die türe versperrt, komm über die mauer!
atem noahs, gier des begreifens, komm, salbe der kranken!
komm, genesung! verschwinde, du schaurige blässe!
komm, du blendende sehnsucht, sprudelnde quelle,
such die verzückung der liebe!
wortemacher vom leben, zunge, immerzu schlagend,
oft ist dein wirbel zu viel, wortlosigkeit, komm!

5

mein herz vermisst dich, mein kopf dreht sich sehnsüchtig nach dir,
ich mach mir sorgen, du könntest dich sorgen um mich.
deine anmut verwirrt mich, das fangnetz meiner gefühle glitt über dein traumbild,
meine augen möchten sich breiten als edelsteine über den grund deines meers.
was ich herausfand über dich, ich gab es dem traumbild von dir,
dem wunderbaren, das deines gesichtes schimmer und schönheit besitzt,
und das gar kein traumbild ist – wie könnte es unwirklich sein,
es hat doch alles von dir, seinen liebreiz und all seine weiche.
die hundertblättrige blüte welkte vor scham,
weil sie geglaubt hat, ihr gesicht ist so schön wie deines.
der wacholder senkt seinen kopf wie ein verbrecher,
weil er geprahlt hat, er sei so wohlgewachsen wie du.
mein körper und meine seele flackern wie sterne am abend,
sie suchen nach dir, wie monde, vollkommen erleuchtet.
auf dem feuer der lust ist mein herz eine pfanne voll honig,
so lange man ihn auch erhitzt, er wird niemals so süß wie du.
wärst du mein freund, ich würde dir immer ein kissen hinlegen,
ich würde ahnen, wo du bist, ohne die leiseste ahnung.
du musst die türe nicht schließen, ich komme über das dach,
und mein herz, das deine nähe ersehnt, zittert vor glück.
zweihundert dächer, zweihundert fallen halten mich nicht zurück,
blindlings will die gazelle in mir in deine freiheit sprengen.
still, verliebter, dichte nicht, ertrage den kummer still!
ort für ort birgt die welt die traurigkeit deiner unrast.
denke an täbris, denk an den wissenden schams.
kommt er im traum zu dir, vermisst dich sein herz.

6

jetzt musst du gehen, sei nicht traurig,
aber vergiss mich nicht,
ich habe alles für dich getan,
du weißt es, oder vielleicht schon nicht mehr?
hast du unsere übermütige liebe vergessen,
all die veilchen- und rosenkränze, die wir
beisammen sitzend,
geflochten haben und um den zarten hals,
um deinen hals gelegt haben?
wie wunderbar verschwenderisch hast du das öl
auf deinem ganzen körper verteilt
und die teuersten salben,
wie hast du auf den kissen deine sehnsucht gestillt,
wie hast du dich an die freundin geschmiegt,
immer und überall waren wir unzertrennlich,
an den festtagen, und sogar auf den hochzeiten,
wo in jedem raum eine andere musik klang.

gut, dass du wieder da bist,
ich habe mich so nach dir gesehnt,
es hat mir das herz so gebrannt.
endlich hast du es abgekühlt.
für jeden tag, den du fort warst,
könnte ich dich vor glück
einmal umarmen.

7

anninchen, eile zu,
und suche bett und ruh,
die liebe bricht herfür
und hüpft und wallt in dir
nach art der jungen hühnchen,
anninchen.

anninchen, noch ein wort,
jetzt legst du alles fort,
das schadet dir kein haar,
so zeigt sich wunderbar
das wahre königinchen,
anninchen.

anninchen, gib nur acht,
auch wenn der mond schon wacht,
noch sucht im tulpenbeet,
die weiche blüte spät
ein stacheliges bienchen,
anninchen.

8

ich würde ihm mehr bedeuten als alles,
mehr als irgendein mensch,
etwas wie die sonne im winter,
hat er gesagt, ich wäre wie
ein lied der landschaft, aus der ich kam,
er würde nicht weinen, sollte ich sterben,
er würde nicht sagen: komm wieder,
es sei doch klar, es gibt
kein leben ohne die sonne,
und ohne die seele kein gedicht,
und was ist jetzt?

9 (tango)

die zweige der linde sind noch kahl,
mein freund bringt mich zur verzweiflung,
die anderen frauen rauben ihm den verstand,
ich wäre ihm treu, aber sie
täuschen ihn nur, wie alle
verführbaren männer, ach,
was tut seine jugend mir an,
die beständigen freuen sich auf den sommer,
siehst du, wie glücklich sie sind?

10

ihr flirrenden haare,
verwirrende locken legend,
wie wunderbar irrt ihr,
wie wunderbar schwirrt ihr,
wie betört und verführt ihr,
wie wunderbar, schnürt ihr
mir irrtümlich nur nicht
das herz ab.

11

als sie jung waren
konnten sie sich
an meinen liedern
nicht satt hören,
über die unverhülltesten
tuschelten die mädchen,
wenn sie beisammen standen,
unter den bäumen,
sie schätzten mich,
das hat sich geändert,
das ist vorbei,
wer nicht mitlügt
mit den menschen,
wird kalt behandelt
und grausam bestraft,
längst verbittert
meine offenheit nur mehr
ihre leer
getäuschten herzen.

12 (im vertrauen)

drei quellen schliefen
auf einem berg,
die als erste erwachte,
sollte die anderen wecken,
es war die drau,
sie machte sich heimlich
nach kärnten davon,
da wurde die save munter,
sie schlich lautlos
nach krain,
als letzter erwachte
der isonzo,
schäumend vor wut
stürzte er sich
über die felsen
durch tolmein
und erreichte noch
als erster das meer.

13 (venediger au)

im kitzelnden gras
ein fleischfarbener
strumpfhalter unter
den prallen knospen
des flieders,
in der frühlingsnacht,
die hecke entlang
fliegt ein käfer,
ich weiß nicht,
was jetzt schon wieder
passiert ist, noch einmal
schlägt
seine glasigen flügel
der fahrtwind,
die autos tragen
auf ihren nasen
leuchtende bälle heran,
dass alles gut ausgeht,
dass sich die welt
am ende in wien
um den hals fällt,
da stehen die häuser
auf pfählen im schweigen,
schwarze gedanken
gleiten dazwischen
mit kunstvollen
begierden am bug.

14

wahnsinnig ist nur
das wissen,
es drängt die zeit.
wenn die maske
halb vom gesicht hängt,
haut gequetscht und schon alles
nicht mehr so wichtig,
wenn die türe noch immer
dem anlauf standhält,
beginnt man zu schreien,
nagelzukratzen
flaschenhälse zu brechen,
um die möglichkeit
noch zu befreien
solange sie lebt.

15

weglos fror der wald
zwischen lichtung und lichtung, auf deren
einer sonnigen wir
einander trafen,
es lösten
die schneehauben sich
von den astgabeln und
verschütteten stäubend
unsere herkunft,
mit geschlossenen augen
gingen unsere wünsche
weiter.

16

ein leben ist leicht zu kurz
um nur in einer richtung
zu weit zu gehen,
der tote punkt
ist das heimliche ziel
der ordnung,
gibt man ihr den kleinen finger,
nimmt sie gleich den ganzen kopf.

17 (ich habe nichts gegen dich)

anderen ist deine haut
vielleicht zu hell
oder zu dunkel,
oder sie haben
etwas gegen
deine nase,
deine ohren,
oder deine stimme,
die glücklichen,
ich habe nichts
gegen dich,
frag deine mutter,
wenn sie sagt,
dass du
dick, klein und hässlich bist,
ich werde versuchen,
es zu glauben,
aber so
bin ich wehrlos,
ich stelle
mir jede bewegung
wie deine vor,
es gibt
keine haare, die
kastanienfarbiger
in meinen bildern
immer schon waren
als deine,
du kleine
wassertrinkerin,
du bist schön,

ich träume
jeden deiner
rosa reize,
keine linie
wär mir im leben so klar
in den sinn gekommen,
ich weiß,
während ich dies schreibe,
denkst du
an irgendetwas,
und die natur
reibt sich die hände
über diese
gelungene verführung,
die nicht mehr
nötig war.

18 (für einen moment)

jetzt kann mir
deine mutter
auch nicht mehr helfen,
vielleicht waren
zu viele gäste
in diesem café,
in dem du
galetten kochst,
oder du hast
sieben räder geschlagen,
dir war jedenfalls
heiß, du hattest
rosa wangen,
ich habe dir
aus dem verschwitzten
t-shirt geholfen,
ich traute mich nicht
hinzuschauen,
du hast geduftet nach dir,
ich weiß nicht,
wie es wirklich
gekommen ist,
ich hab es mir nachher
so vorgestellt:
mein finger
verfing sich in der
masche des gürtels,
sodass deine
zinnoberrote hose
ein wenig
nach unten rutschte,
du sagtest:

was tust du?
ich entschuldigte mich:
ich habe
nichts gesehen,
ich hatte
nicht einmal
meine brille auf.

19

hätte mir wer
von dir erzählt,
ich hätte gesagt,
es kann nicht sein,
werden sie sagen,
wenn ich allen erzähle,
es ist gut,
wenn wir den augen nicht trauen,
folgen wir
unserer ahnung
blind.

20

als ich deine füße sah,
ich war irgendwie überrascht,
die zehen wirkten wie
elfenbeinerne tasten,

jede kleiner als die vorige,
und die weichen pölsterchen,
um den boden rund zu erkunden,
die fältchen der beugen,

und auf jedem nagel spiegelte
sich helllicht die sonne,
nur auf diesem gehsteig,
in deinen sandalen,

als ich deine schönen
füße sah,
ich fand es schon fast
zu öffentlich.

21 (geschenk)

du bist der natur
in ihren schönsten
farbtopf gefallen,
so bist du
ihr so gelungen,
wie du bist,
sie wollte
der welt etwas schenken,
das von herzen kommt,
aber manche geschenke
bereiten mehr freude
als erwartet,
man hat sie sich
in den kühnsten träumen
nicht vorgestellt,
und dann kann man sie
auf einmal ansehn
und berühren,
und man denkt
den ganzen tag
nur mehr an sie,
und am abend nimmt man
sie am liebsten
mit ins bett.

22

ich kenne dich erst vierzehn tage,
wenn nichts so war, wie du es träumtest,
wenn du bereust, was du versäumtest,
ich war zu mehr nicht in der lage,
ich kenne dich erst vierzehn tage,
wie eine handvoll deiner haare
mal deine ohren hoch die zehen,
ich brauche, um dich zu verstehen,
doch wenigstens so viele jahre,
wie eine handvoll deiner haare.

23 (kapfenstein 1)

wir würden reisen einen schritt und alle pflanzen
wären uns neu und die menschen träumen von tieren, die uns streicheln,
am abend läge ein frisches moos unter dir,
deine heißen beine ruhen von einem neuen tanz,
tief wiegt ihn die sonnensichel vom abend zum morgen,
all deine berge wären da, all das wasser,
das über die füße rieselt mit weichem schwall seiner blauen flossen,
die muscheln fürchten sich nicht vor den trinkenden lippen,
im bach ist ein kleiner wirbel,
hinter dem glitzernden stein dreht sich das herz, das deine finger
aus dem roten papierchen formten,
das schokoladestück, das du mir in den mund schiebst,
um es mit deiner zunge gleich wieder zu stehlen, und jetzt
all die glücklichen spinnen in der unendlichkeit des raschelnden laubs.

24 (kapfenstein 2)

das auf den kissen im wald am tag und das in der nacht,
muss man noch sagen,
sonst wäre alles, was mir deine finger bereiteten, eine namenlose gabe,
als verstünden sich deine lippen und deine zunge nicht auf die kunst,
einen mund zu verzücken,
ich hätte nicht deine nasenhärchen geatmet und die kleinen bisse
gerecht auf den hals dir verstreut
und auf die spitzen der brust und nicht den purpurnen
likör getrunken aus dem warmen kelch deines nabels,
ich hätte niemals begonnen deine zehen zu küssen und nie deine beine entlang
und oben meine wange nie an das weiche gelehnt,
niemals hätte ich das verborgene tälchen gesehen, die hälfte
meiner küsse hätte sich spurlos verloren auf deinem rücken,
und wir hätten niemals geglüht haut an haut,
aber so war es.

25 (ausstellung)

zeig mir
deinen mund,
das täschchen
mit rosa
seide gefüttert,
worin du
deine quirlige
zunge hütest,
wie die sonne
geht dein bild
am abend unter
in meiner stirne,
um jeden morgen
aufzugehen,
führ meine finger
an die knospen,
ich muss noch
soviel begreifen,
lass meinen lippen
das kleine geheimnis
in aller ruhe,
ich breite dir auch mein
außen auf,
wir dürfen uns sehen,
ich breite dir auch mein
innen auf,
dann reden wir nicht mehr,
nur deine und ich,
mein und du,
dann kommt der sommer.

26 (rundum)

ich sehe, wie du schön bist oben,
wie hell im haar die ohren liegen,
wie weich sich deine schultern biegen,
die arme wie zum flug erhoben,
ich sehe, wie du schön bist oben,
ich weiß auch, dass du unten schön bist,
mein bisschen frecher mut zerstreute,
dass ich mich hinzuschauen scheute,
wo du nur liebend gern besehn bist,
ich weiß auch, dass du unten schön bist,
und immer nach dem schlaf, dem blinden,
wenn ich die kleine runde drehe,
wenn ich dich endlich so schön sehe,
hinauf, hinab, von vorn bis hinten,
ich möchte alles wiederfinden.

27 (rap)

zärtchen,
deine gärtchen,
die äugchen,
die beugchen,
die märchen-
härchen,
dein näckchen,
die bäckchen,
das näschen,
das späßchen,
die kecken
ohrenschnecken,
das lustige tälchen,
dein nabelschälchen,
auf den weißen altärchen
die himbeerchen,
liebchen,
die grübchen,
die wellchen,
die dellchen,
die bällchen,
die krällchen,
schwer zu sehen,
deine kleinen zehen,
deine fingerküppchen
im gestrüppchen,
das teichlein,
dein reichlein,
die glitzernden flächlein,
dein bächlein,
das flämmchen,
das dämmchen,

vanillchen,
das rillchen,
das schattenspürchen,
das hintertürchen,
und diese
wiese,
deine hellen
stellen,
deine ebenmaße,
deine seidenstraße,
deine holden
mulden,
verschwunden
im runden
die enden,
deine lenden,
weißkehlchen,
deine muttermälchen,
deine schulterflügel,
deine sieben hügel,
deine rippen,
deine lippen,
deine frauen-
brauen.

28 (das kleine 2 x 5)

ich schau dich
wahrscheinlich
öfter an

du fühlst
mich vielleicht
inniger,

aber ich riech dich
sinnverwirrend
wie du

unsere zungen
schmecken einander
mit einer liebe

und wir hören
einander gleich
einander rufen

29 (auszählvers)

ich schreibe dies
auf das holz
des baumes von uster:

ich suche das wort,
an das du noch denkst,
wenn es wahr wird.

ich werde dich ganz
abschlecken wie
ein glücklicher hund.

wir glauben, aber
es wird nicht lang
prozess gemacht,

wir müssen
es auch
sein.

30 (längeres telefonat)

wir reden unsere kleine
geschichte lebendig,
ein berg ist da,

ein jodel-fest,
ein hund,
wenn du ihm nicht

den rücken zukehrst,
fürchtet er sich
mehr als du,

die schlorzifladen sind
zu fett geraten,
und deine lippen

formen aus
den wörtern küsse,
du fragst mich,

wann wir uns wieder
umarmen werden,
eher noch als du dreimal

auf den säntis
geflogen bist,
aber die marmelade,

ich halte dich,
und deine mutter,
und die fladen,

morgen musst du
nach zürich,
die matratze mit,

ich halte dich,
jetzt hab ich die marmelade
ganz vergessen

und die fotos,
ich bringe sie
sobald es geht,

ich halte dich,
in dieser roten
plastikmuschel,

ich bin noch da,
bist du noch da,
ich bin noch da,

es scheint, dass man
in der muschel
das meer hört,

ich küsse dich,
aber es klingt
nur so,

es liegt auch nicht
an der verbindung,
was in den muscheln

rauscht,
ist immer
das blut.

31 (short message)

schöne grüße
an deine schönen füße,
deinen rundum geküssten
wunderbaren brüsten
und deinem weichen hals
ein kleiner biss als
rosa ringlein zum schmücken
und deinem seidigen rücken
für sein verspieltes bücken
und deinem ganzen geliebten becken
ein heißes zungenschlecken.

32 (statt einer ansichtskarte)

deine haare,
meine hochgesteckten ziele
über der linie
deines nackens
zu den stolzen schultern,
hohe frau,
in die helle weite,
jenseits stehen
die schönen hügel,
aber diesmal
will ich
deinen armen folgen,
so frei sie schweben,
wunderbar abwärts
wie du die berge
hinunter läufst
zu den hohen hüften,
dort führt
zwischen weichen schatten
das samtige tal
in diese
romantische schlucht.

33 (zeltnacht)

es war unter
dem dunklen
baldachin,
alle zelte
schlossen sich
vor der kälte,
das himmelszelt,
das verhangene über
den rändern der wiese,
wo so viel
nebel und felsen
und tiere waren,
und so viel stille
und tau
und nasses holz,
wir schlossen die flügel
unseres viel
kleineren zeltes,
worin sich vielleicht
der rosige baldachin
des kleinsten zeltes
geöffnet hätte,
wenn es nicht so kalt
gewesen wäre,
so schlief ich
neben dir ein,
am anderen morgen
wachte ich
mit den hühnern auf.

34

diesen sommer
haben uns die berge
auf ihrem rücken geduldet,

sie mochten wohl
deinen klaren tritt und
ich war ihnen neu,

aber wer weiß, was
sie unter der kommenden
schneedecke brüten,

das wird uns der zug
keiner wolke sagen,
und das eingeweide

keines kleinen vogels,
vielleicht mag uns
nicht einmal mehr

die ebene erde,
ihr sind die ballen
deiner füße vertraut,

und ich bin ihr alt.

35

ich kenn dich am geruch von deinen haaren,
im wissen, dass wir früher tiere waren,
ich würde gern zu dir hinüberkriechen,
ich möchte dich am ganzen körper riechen,

ich würde mich in deine wärme graben,
ich würd dich eng in meiner nähe haben,
aber da liegt ein kaltes, weißes kissen
und leere tücher, die von dir nichts wissen,

wir werden uns das nächste mal gehören,
auf seidenhalmen unter silberföhren,
die sterne werden uns die stunde nennen,
mein mund wird alle deine haare kennen.

am kopf die hellen, unterm arm die feinen,
die struppigeren zwischen deinen beinen.
und eines ist schon wieder reif zum pflücken,
das kleine ringelhaar auf deinem rücken.

dann legen wir uns schlafen und es kommen
die großen kühe noch mit ihren frommen
gesinnungen und ihren zungenscharen,
im wissen, dass wir früher tiere waren.

36

die wörter sind anders
als deine finger
und deine füße,

man kann sie auch
in den mund nehmen, aber
sie schmecken nach nichts,

zählen wir deinen
kleinen zeh
von mir aus mit,

ich wär heute schon
glücklich mit einer
silbe wie du.

37

auf den sachen
in meinem kopf
steht leider nicht,
ob ich sie
am tag gedacht
oder in der nacht
geträumt hab,
aber der einzige
von allen küssen,
der uns hätte
entfallen können,
den haben wir dann
unter dem tisch
am boden kriechend
doch wiedergefunden,
oder war das im traum?

38 (wenn ich bei dir wäre)

mein finger würde deine welt erspüren,
jetzt könnte er schon deinen mund berühren,
im dunkeln könnte er über die weichen
gewellten ränder deiner lippen streichen,
in ihrer feinheit tastet er dein wesen,
schon will er mehr an deinem gaumen lesen,
wirst du ihn jetzt mit deinen zähnen fangen?
sonst taucht er tief in deine warmen wangen,
er möchte bis zu deinen lippenenden
die haut, die glitzernde, nach außen wenden,
das nasse grübchen wird sich langsam laden,
dann wird er ganz in deinem honig baden.

39

morgen früh um sieben
kommt ein fisch dich lieben,
du kannst versuchen
ihn mit kaffee und kuchen

auf andre gedanken zu bringen,
es wird nicht gelingen,
sogar dein interessantes ohr
schützt dich nicht lang davor:

er wird dich umschwänzeln,
er wird dich umtänzeln
und von deinen verstecken
alle entdecken.

40 (kommunion)

wir werden vieles miteinander reden,
wenn wir zusammen sind, wir werden jeden
moment erwarten, wo uns keiner sieht,
erst küsse ich dich auf das augenlid,
und dann den hals hinab auf diese blässen,
dann rufen sie uns schon zum abendessen,
es duftet nach geflügel und nach fisch,
so spiegeln wir uns beide auf dem tisch,
ich will dem huhn ins weiße brüstchen beißen,
du willst den heilbutt an der flosse reißen,
wenn man den anderen so tief begehrt,
kommt vor, dass man ihn zeichenhaft verzehrt.

41 (kleine hölle 1)

ich weiß, wie gern du in die sauna gehst,
aber die vorstellung, dass du da stehst,
so schön du bist, so nackt bis auf die haut,
von so viel augen lieblos abgeschaut,
ich mag nicht, dass du in die sauna gehst,
nicht, wenn ich wenigstens, wenn du da stehst,
dazwischen stehend wie ein handtuch dann
die blicke aller männer stören kann,
und lieber wär mir eigentlich ein ort,
wenn du schon schwitzen möchtest, weiter fort,
wo wiesen sind und dich ein fluss erfrischt
und neben dir nicht dauernd kohle zischt.

42 (diskussion)

wir haben kein geld,
und es stimmt, dass ich sagte,
du brauchst keine kleider,
es reicht, dass du meine
blicke anziehst.
aber doch nicht
die blicke aller,
deine haare
wissen genau,
wo sie wachsen,
dieses schöpfchen unten
auf der hellen haut,
so blöd kann die natur ja nicht sein,
es verbirgt nichts,
im gegenteil,
es verharrt
manchmal noch
wie ein kleines reh,
sodass dann aber schon wirklich
jeder hinschaut.

43 (kleine hölle 2)

du warst schon wieder in der kleinen hölle,
das ist die schöne ohnmacht des gedichts,
es nährt die hoffnung und es ändert nichts,
nicht einmal du bewegst dich von der stelle,
man steht alleine hinter einer schwelle.

44

wenn du mir widersprichst,
hast du sicher recht,
meine ansicht wird nie
so wahr sein wie deine
verschiedenfarbigen augen,
die hohe taille deiner
viel schöneren ansicht
über dem stolzen becken,
in dem alle
bäche meines
bewusstseins münden.

45

der fluss
der wörter
ist vertrocknet,

das treibholz
liegt bleich
im sandigen bett,

warum,
meine mondsichel,
musstest du das,

der nächste regen
wird alles
überfluten.

46

das herz hat
eine andere
wirklichkeit,
die finger greifen
die schönheit
und alles weiche,
die hoheit
deiner brüste,
die wärme
der lippen,
es dauert
millionen jahre,
aber es sind
schon sterne
verglüht.

47 (hinter deinem rücken)

ich streiche mir nachts
deine haare
aus der stirn,
ich lese in deinen
schulterblättern,
einen teil von uns
sind wir nur
mit einander,
ich habe dich nicht verdient,
sonst würdest du mir
auch nicht gehören,
ich schaue
die schöne haut
hinauf und hinunter,
dein schimmernder nacken,
dein kreuz,
die beiden schatten
über den beiden
weißen kuppeln,
manchmal öffnet
sich doch wieder
ein spalt.

48

was die seele betrifft,
will ich
bei den bäumen bleiben,

es ist
so vieles
ein einziges,

die haare fließen
dir über den rücken,
du kannst auch knien,

die schultern am kissen,
die schimmernden arme
angelegt

hast du
deine hübschen finger
im spiel,

den ganzen leib
hoch über deinem
umsichtigen kopf,

drehst du ihn seitlich,
wird die kussfläche
des halses größer,

es kann dich die sonne
auf ihrem rundgang
nicht ganzer sehen,

wichtig ist
für die bäume,
dass alles ans licht kommt.

49 (schneehuhn)

ich fand
heute früh
eine kleine feder
auf deinem kissen,
naturgeweiht,
es würde mir schon gefallen,
wenn du zu allem,
was du bist,
ein schneehuhn wärest,
manchmal flatterhaft
auf einem grünen zweig
vogelfrei
hochfliegend
mit den helllichten
schulterflügeln
in einem deiner
zeichen, es malen
die christen sich auch
einen weißen
vogel aus,
der flatterhaft
eine goldene
triangel rührt.

50

ich weiß, dass du im winter weißer wirst,
und dass die hand, die du zur stirne führst,
wie milch in einem weißen krug aussieht,
du wunderbarer kleiner unterschied,

ich weiß auch, dass dein weiß noch weißer wirkt,
an einem ort, der sich dem tag verbirgt,
in deinem nacken, zwischen deinen zehen,
entdeckt man auf einmal die reinen schlehen,

und wenn du deine farbe sechsmal änderst,
wenn du vom bad ins kleine zimmer schlenderst,
im höchsten sommer scheinst du in der schwärze
der nacht wie eine königinnenkerze.

51

ich habe ein kleines gedicht im kopf:
ich flechte dir einen einfachen zopf,
meine finger sammeln dafür drei klare
gleich große bündel deiner haare,
die feinsten darunter, man sieht sie kaum,
lasse ich dir als nackenflaum,
ich muss mich beim flechten konzentrieren,
um die reihenfolge nicht zu verlieren,
meiner ganzen empfindungen erster bund
kommt über den ganzen zweiten und
dann soll auf einmal der dritte
in die ziemlich verwirrende mitte,
deine haare duften, dein schulterblatt
leuchtet darunter wunderbar matt,
so leicht ist es nicht, falls wir dächten,
nur schnell einen zopf zu flechten.

52

ich weiß nicht,
wie man die seele
vom körper trennt
ohne verletzungen,
am telefon
denk ich an mehr,
als deine stimme,
du kannst mir
kein Y
für ein X vormachen,
du hast vielleicht recht,
wenn du sagst,
dass andere schöner sind,
es ist mir egal,
und die neue miss swiss
kenne ich nicht,
über manches
können wir
schwerer reden,
aber es könnte doch auch
so etwas wie
ein verkehrter wettbewerb sein,
jeder wäre
jedes mal glücklich,
wenn er nachgibt,
wie ein körper
dem anderen nachgibt,
das fällt mir manchmal
schwerer als dir,
aber du kannst
diese seite
doch überfliegen?

53 (freiwunsch)

ich möchte, dass du so im zimmer stehst,
und dass du, wenn es geht, dich langsam drehst,
so dass ich dich von allen seiten sehe,
von deinen ohren bis zur kleinen zehe,
wo hätt ich denn mein halbes wissen her,
wenn ich nicht wenigstens belehrbar wär,
du findest, ich verstehe dich doch richtig,
das äußerliche ist nur halb so wichtig,
weißt du, manchmal, ich glaube schon,
verliert man durch die beste religion,
es sind ja die, die ohne liebe nennen,
die unsern kopf von unserm körper trennen,
da ist mein herz und da ist mein verstand,
ich spreche nicht vom schlimmen abendland,
sag, was du salomon und david rietest,
wenn du dein äußeres wie gott verbietest,
ich möchte dich von allen seiten sehen,
von deiner seele bis zu deinen zehen,
der körper, den man selber oft vermisst,
es darf doch sein, dass er vorhanden ist,
ich möchte, dass du so im zimmer stehst,
und dass du, wenn es geht, dich langsam drehst,
wir können, wenn wir wollen, an den tieren
noch lange unser rollenbild studieren.

54 (bodensee)

in unseren irrgängen
wiederholt sich
noch immer die suche
der frühesten menschen,
du hältst dich mehr
an markante punkte,
ich kenne
ungefähr
die richtung,
wir dürfen nur niemals
zwischen einander
die mitte wählen,
gehen wir so,
wie du sagst,
und manchmal so,
wie ich sage,
beides ist richtig,
sonst finden wir
nie zurück.

55 (kama)

offen ist es,
wenn sie am rücken liegt
und die beine breitet,

blühend ist es,
wenn sie dazu
das becken hebt,

blüht sie und hebt
die beine, ist sie
die hohe blüte,

legt sie die beine
auf seine schulter,
blüht sie weit,

legt sie aber
nur eins der beine
auf seine schulter, ist es

der gespaltene bambus,
das girren und alle
anderen liebeslaute,

die schale, die umhüllende,
die biegsame, der lotossitz,
das lianenumschlingen

im stehen, und wenn er sich
an eine wand lehnt,
und sie hängt an ihm

und in seinem handgitter
ruht ihr gesäß und sie blickt
eine weile auf ihn herab,

dann neigt sie den kopf
zum kuss, sind die körper
einander zugewandt,

ist es vom menschen,
aber die liebenden lernen
auch aus dem verhalten der vögel,

der zahmen und wilden tiere,
kehrt sie sich ab,
auf arme und knie gestützt,

sind es kuh und stier,
so kommen die liebesmale
auf ihren rücken,

die krebsstellung,
hund und hirsch,
katerspiel, tigersprung,

elefantendrücken
und stutenbesteigen,
und wasserspiel

und die gazellenart
stammen alle
aus dem tierreich

und im süden gibt es
auch die vereinigung, die man
die tiefe nennt.

56 (susak)

der müll, das faule seegras in den buchten,
und endlich diese stelle, die wir suchten,
die strömung spielt wie eine kleine katze
zu heftig mit der blauen luftmatratze,

wir haben achtung vor den scharfen steinen,
du schwimmst hinaus mit deinen hellen beinen,
das raue meer beginnt mit dir zu tanzen
mit seinen tiefen dunkelgrünen pflanzen,

die beiden schwanenhälse deiner arme
vor deinem körper, deine eben warme
geliebte haut und deine haare nasser
um dein gesicht in diesem wilden wasser,

du spritzt mir eine welle in die augen,
sie brennen etwas, diese meereslaugen,
ich halte glitschig einen stein umfangen,
du tauchst herum mit deinen wasserschlangen,

es sprudelt nur mehr, du verschwindest gerne,
gerade sind die nächsten boote ferne,
jetzt tauchst du auf, ich seh dich fragend lachen:
soll ich dir noch die weiße robbe machen?

und nachher zittern deine runden lippen,
wir klettern irgendwie aus diesen klippen,
ins feine gras, in das die sonnenstrahlen
uns bald als nur mehr einen schatten malen.

schilfrohre, grüne, die uns nach dem baden
in ihren dichten hohen dschungel laden.
wir wollen sicherer am ufer steigen.
die kläranlage und am strauch die feigen,

die gelben, die sich saftig öffnen lassen,
du witterst katzenartig in den gassen
im hafenviertel das von den lokalen,
wo man uns fisch bringt, ohne dass wir zahlen.

57 (vom fisch)

die verschwimmenden zehen
bist du im wasser besehen
eine schaukelnde lilie

und deine stromschnellen finger,
die gezeiten der wünsche,
die klatschnassen

nymphenhaare,
hellhüftige zureiterin
der seepferdchen,

jetzt sind wir einander
hautnah, deine welligen
lippen leuchten,

die meerschaumgeborenen
muscheln der ohren,
der tiefe grund

deiner augen,
dein nabelwirbel,
der ungefährliche,

und alles,
was dir rundum
ein ozean ist,

du tanzende,
deine helle unterseite
und die nach dem vorbild

der flosse doch noch
zu einander
findenden beine.

58 (bodypainting)

die schatten, um die alles flimmernd strahlt,
mit denen sich dein körper selbst bemalt,
die deine haare auf dem hals vergießen,
in die die schatten deiner ohren fließen,
die schatten, um die alles flimmernd strahlt,
wie um das nabelgrübchen auf dem bauch,
die beiden schattenplätzlein mag ich auch,
die deine hügelchen zur seite streuen,
wo sich die rippenwellen daran freuen,
und dieses nabelgrübchen auf dem bauch,
und dann der schatten, der hinunter fällt,
mein kopf liegt weich auf deinem warmen becken,
ich möchte meine zunge danach strecken,
nach diesem wirren fläumchen, lichterhellt,
und diesem schatten, der hinunterfällt.

59

der mond ist da mit seinem schein,
du blutest still in dich hinein,
jetzt darf man dich nur sanft berühren,
jetzt bist du mit dem schmerz allein,
man muss sie sehr behutsam führen,
die hand, um dein gesicht zu spüren,
denn eine göttin steht bei dir,
dein großer blick bedeutet, hier
sind meine weichen, meine brüste,
du betest diesen tag zu ihr,
hier ist mein wunder bauch, hier müsste
die grenze sein, die jeder wüsste.

60 (du holde kunst)

ich möchte
dich ganz
mit küssen bedecken,

dann ist es
immer
nur einer,

sonst
bleibst du
unbedeckt,

ich habe
nur diesen
mund,

so viele flächen,
um dich
zu berühren,

muss ich
erst noch
entfalten,

mit dir
und in dir
und durch dich,

es wird
einmal
leicht.

61

woher die vielerlei gedanken stammen,
es hat ja alles weder hand noch kopf,
es geht um so viel, was du bist, zusammen,
dein schamhaar bildet einen wirren schopf,
die endlosschleife deiner kleinen ohren,
die zunge zwischen deinen lippen, dein gesicht,
dein lichter bauch, die helle haut, die poren,
das rosarote, ich versteh es nicht,
ich möchte überall dein ich berühren,
zu allem, was man sieht, noch irgendwas,
du duschst dich eben hinter schiebetüren,
es schimmert alles durch das blinde glas,
du wirst mich nachher vielleicht weich umschlingen,
doch was du dann umschlingst, ist nicht verstand,
nur du kannst etwas auf die erde bringen,
von dem sie sagen, es hat kopf und hand.

62 (damtschach)

ich sehe dich vor hohem gras und blumen,
vor wiesenblumen und wir hätten geld,
natürlich in bescheidenem volumen,
und viele bäume und ein dackel bellt,
der nur sich selbst gehört in seinen augen,
und rote früchte und ein grünes feld,
es würde uns der warme sommer taugen,
der laue wind, die abendsonne fällt
mit einem mal aus allen wolken,
du zeigst mir etwas überraschend frei,
der nachbar hat die letzte kuh gemolken,
der dackel schlabbert endlich seinen brei,
dann kommt die nacht, dann sieht man den enormen
ganz freien mond mit seinen vollen formen.

63 (jetzt weiß es die ganze welt)

es war nicht
in dem heidnischen bad,
wo man vor nebel und dampf
die eigenen füße nicht sah,
es war ein zufall
bei frauenfeld
auf den hügeln
von diesem buch,
als die sonne
so eisklar unterging
waren wir einen moment
im runden schatten der erde
auf den mond gezeichnet,
eine kleine erhebung
sicherlich
und etwas spät
wegen der langsamkeit
des lichtes,
aber bestimmt
deutlich genug,
dass uns jeder
erkannt hat.

Anmerkungen:

Nummer 1 – 5: Nach fünf Tanzliedern von Dschalal ad-Din, genannt Rumi (1207 – 1273) auf der Grundlage einer mündlichen Interlinearübersetzung von Hamid Sadr
Nummer 6: Nach Sappho (nach 630 – um 570 v. Chr.)
Nummer 7: Thema mit Variationen nach einer Strophe von Johann Christian Günther (1695 – 1723)
Nummer 8: Nach Anna Achmatowa (1889 – 1966) auf der Grundlage einer mündlichen Interlinearübersetzung von Vilia Jakobson
Nummer 9: Nach einem anonymen höfischen Gedicht, um 1200
Nummer 10: Nach Giambattista Marino (1569 – 1625)
Nummer 11: Nach Tannhäuser, um 1250
Nummer 12: Nach einem trentinischen Volkslied, 18./19. Jhdt.
Nummer 14 ist Heinz Kummer gewidmet
Nummer 15 ist Cristina Donizetti gewidmet
Nummer 16 ist Wolf-Dieter Stöffelmeier gewidmet
Nummer 18: Bei dem im Text erwähnten Lokal handelt es sich um Herwig Walchs „Café der Provinz" in Wien
Nummer 55: Nach Mallanaga Vatsyayana: Kamasutra, 6. Kapitel, Abschnitt 7 – 41

Nummer 1 – 5 wurden von René Staar vertont
Nummer 1, 3 und 4 wurden von Wolfgang Liebhart vertont
Nummer 13 (frühere Fassung) und 14 – 16: Erstveröffentlichung in „Literatur und Kritik" 213/214 (1987)

documents heißen diese texte, weil ich die hoffnung hatte, sie würden einmal meine bürgerlichen papiere ersetzen.

MICHAEL CERHA, geb. 1953 bei Tosters an der Schweiz (tschech. cerha = dt. ungefähr: Mann mit dem Leierkasten), diverse Studien in Wien, eine Weile Journalist (disput, Austria Presse Agentur, Der Standard), danach Autor, Dramaturg und Kulturvermittler, Buchveröffentlichungen u. a. Kunstpause, Roman, 1982; Literaturlandschaft Österreich (Hrsg.) 1996; Lukian: Hetärengespräche. Neubearbeitung, 2002; Albine, 2010; documents, 2010, lebt in Damtschach, Frauenfeld und Wien.

Verlag Bibliothek der Provinz

Verlag für Literatur, Kunst und Musikalien